침묵을 대하는 방식

조연수 시집

시인의 말

시간을 잘 건너는 중이다.
잘 건너는 것이
그저 견디는 것이라면
하염없이 받아들이는 것이라면
이렇게
매일을 살아내는 것이라면
모두 사랑이겠다.

오늘은 바람을 잔뜩 넣은
카푸치노를 한 잔 마시고 싶다.

— 2018년 9월
조연수

차 례

● 시인의 말

제1부

제2부

제3부

제4부

제1부

토끼 한 마리 키우시죠

지루한 나라에서 살고 싶지 않아 어느 날 숲으로 떠난 토끼 한 마리 좁은 길일수록 안전하지 않아 숨은 벌레들이 너무 많거든 훌훌 털어버려도 나무에 걸리고 가지에 걸리고 돌부리에 걸리고 어디든 숨죽였다 다시 살아나곤 해 나는 아직 자라지 않은 토끼 한 마리일 뿐 빨강 눈이 되지도 않았고 꼬리도 없어 귀는 어떻고 자라지도 않아 뭉툭한 뾰족함 도대체 내가 가진 뾰족함은 쓸모가 없어 너의 등을 찌를 수도 없고 혀를 자를 수도 없는 있으나 마나 한 우울함, 훌쩍 자라버린 갈대처럼 내 귀는 자라지 않는 걸까 너의 독침 그래 그 독침을 맞아서일 거야 시도 때도 없는 답답한 침묵, 소리도 없는 독함을 품은 지루함 눈만 끔벅이는 소란스러움에 가슴이 뛴다는 말 들어본 적 있니 평생 그렇게 살 것 같았는데 익숙한 어느 저녁 집을 나왔지 토끼라고 명명되지 않은 토끼인 나는 어리숙한 우주의 존재 말초신경이 쑥쑥 자라나 허공으로 뻗치는 걸 즐기는 잠시, 너 어디 있니 어둠이 내리기 시작한 숲길에서 아득히 들려오는 안전한 목소리 훌떡 귀를 털고 엉덩이를 들썩이며 번쩍 손을 들고 말하고 싶어 여기 있어요 아직 자라지 않은 토끼 여기 있다고요

양배추 브로콜리 즙을 먹는 아침

양배추와 브로콜리를 갈아 마시면 위가 튼튼해지고 눈이 맑아진다고 하셨죠 개미 같은 글씨를 읽지 않아도 되지만 오늘은 한 잔 마셔야겠네요 아직 쓸 만한 위라고 생각하는 데 유통기한을 모르는 몸을 가늠할 수 없으니까요 정작 안 다고 하면서 아는 게 없다는 사실은 미지의 세계처럼 낯설 기만 해요 네거리 담벼락에 알수록 더 모르는 인생이라는 빛바랜 낙서를 스치듯 읽곤 했어요 너 나 할 것 없이 모두 우리의 이야기들이죠 지난번 그러셨어요 입술을 겨우 벌리 며 짜증 부리지 말아라 얇아진 손목을 휘저으며 작은 소리 로 말했죠 병상에 누워 죽음이 임박한 순간에도 미세한 감 정을 읽을 줄 아는 것보다 더 알아야 할 게 무엇일까요 새 로운 앎보다 후덥지근하고 눅눅한 장미가 되고 싶은 날이 에요 이런 날 아침 양배추와 브로콜리 즙을 마셔보는 겁니 다 장미가 좀 고슬거리지 않을까요

자메이카의 여인 곡예사*

　고개를 길게 빼고 허공을 바라보는 호피 입은 여인 태생
이 두렵지 않은 눈동자 가득한 고요함이 문득 발랄하다 스
치듯 반짝이는 언어가 쏟아지는 폭포를 바라보는 곡예사
그건 정직이라고 말하는 눈동자의 이야기들 여인은 너른
들판을 달려왔을 것이고 깊은 밀림으로 달려갈 것이다 마
주하는 식탁의 불편함을 알고 난 뒤 다리를 뻗고 도드라진
발목을 긁어대는 것은 침묵 속으로 달려가는 곡예사의 일
먼지 쌓인 조화처럼 구석에 앉아 어제의 숟가락이 오늘은
어디로 가는지 휘날리는 머리카락은 묶을 생각이 없는지
도통 눈치도 없는 게으른 개처럼 납작 엎드리는 것이다 허
리를 틀어 다리를 약간 벌리고 침묵

* 화가 천경자 작품.

어젯밤에

꿈을 꾸었지
뿌옇게 이슬비가 내리는 삼나무 숲
길게 하늘을 향한 나무 사이로
젖은 낙엽들을 밟으며 줄줄이 걷고 있었지
휭한 바람이 들어왔다가 빠져나가는 사이
들숨 날숨을 내쉬며 눈을 감았다 떴다 감았다 떴다
그 사이 골목을 팔짝 뛰쳐나오는 아이를 보았지
웅크린 등으로 마루에 앉아 그림을 그리는 고사리손
삼나무 사이를 오가는 까마귀 울음이 더 이상
음울하지 않을 때 고개를 들고 이슬비를 맞았지
단정하고 고요하게 용서를 청하는
어깨를 촉촉이 적셔주는 이슬비를 맞으러
오늘도 삼나무 숲으로 들어가는 꿈을 꾸었지

소만큼 커지고 싶어 하는 개구리*

움찔움찔 몸이 자라는 동안 나무 기둥과 가로등 사이에 걸린 기호 1번과 무소속을 읽지 못했다 거리의 날들이 지나는 동안 그저 바람 한 주먹 봉투에 담아 식탁 아래 던져 두었다 물도 주지 않고 매일 바람만 담았다 풍선처럼 부풀어 오르면 한쪽을 피식 눌러 바람을 빼 주었다 그런 날은 등으로부터 발바닥까지 일어나는 통증을 베개 삼아 잠을 청했다 몸은 점점 커지는 것 같은데 아직도 식탁 다리가 길어 보이는 밤이 계속되곤 했다 간혹 너와 그 사이의 간격을 알 것도 같았는데 묘한 친절함이 묻어나는 그건 떠도는 간섭이었다 뭔가 희망적인 명언처럼 전해오는 '용기를 잃지 마시오'와 비슷했으나 그저 또 다른 바람일 뿐이었다 식탁 다리 아래 부려둔 바람이 매일 새로울 뿐이라는 위로를 읽으며 명백하게 절대 일어날 수 없는 일들이 일어나지 않는 밤 오늘의 바람을 주워 다시 집으로 간다

* 샤갈이 그린 〈라퐁텐 우화〉의 삽화 그림 중 한 작품.

비밀

얼마나 다행인가 밤에 찾아오는 혼란스러움은,

너의 귀는 쫑긋 스치는 발소리도 들을 수 있는데

그 사이를 지나는 정적도 읽어 내리곤 했지

여성 잡지의 호들갑스런 남자의 인사말

이제 하루는 녹색 주스와 함께 건강을 챙기시죠

녹색 시대의 트렌드를 놓치지 마세요

먼 우주로부터 시작된 오늘날의 기적이라고나 할까요

너는 책을 덮고 게으른 어제의 소리가 후드득 떨어지는

창문을 연다

어둠의 창문이란 또 다른 어둠을 가둬두는 곳

너의 오그라든 등이 벽에 그림자를 길고 둥글게 만드는

사이

평화로운 안식의 노래가 흘러나온다

혼란스런 밤을 고요하게 건너는 종소리를 기다려 볼까

가시처럼 찌르는 통증의 소리를 안전하게 받아 마시며

혼란스러움이 낯설지 않을 때

자유로운 나무를 그린다

동그란 잎들이 옆으로 옆으로 번지고

천정으로 뿌리를 뻗어 다섯 개의 가지를 가진 나무

기적을 바라지 않는 초록을 칠하기로 한다

오늘의 네가 내일의 당신일 수는 없으므로

부지런히 어둠을 기록하며 한 번도 가보지 않은

밤으로 들어간다

광화문 노란 리본 앞에서

수군수군 썩은 침묵이 스며들었다

가슴 한쪽에 자리 잡은 그는 낡고 녹슨 소리를 끌어 올려

가끔 호된 기침을 뱉었다

후줄근한 어깨들이 집으로 돌아가자

아직 돌아가지 못한 자들은 폭풍이 지나는 어둠에서

흔들리는 눈동자로 고독을 읽거나

연대를 이루며 잠이 들곤 했다

몇 번의 잠이 돌아가고 우린 매일 헤어졌다

골목마다 모퉁이에 새겨진 이름들

그 이름들을 밟으며 오늘은 집으로 간다

그 길은 노랗게 꽃이 지고 있었고

침묵이 또 다른 소리가 될 수 있다는 것을 깨달았다

뒷덜미를 당기는 영혼은 지독히 외롭고 스산했다

한 번도 뒤돌아보지 못한 하루하루는 그렇게 마감되고

매일이 되어 지나가고 있었다

오늘은 가슴을 훑어 내리는 기억을 잊으며

이끼가 무성한 몸을 세워본다

주르륵 눈물 같은 녹슨 물이 흘러내린다

이제 노란 시간이 일어나고 있다

담벼락을 넘을 수밖에 없는 장미를 안다

물회를 먹고 장미들이 담벼락을 넘실거리는 길을 걷는다 어디로 가나요 물회는 맛있었나요 바다로 가고 싶은데 둘째는 결혼을 하는군요 이번에는 1번 우럭을 찍으려고요 거기서 거기잖아요 매운탕이 얼큰하네요 바람이 분다 길거리의 이야기들은 장미를 흔들고 가지를 흔들고 머리카락을 흔들고 어깨를 흔든다 틈틈이 지나가는 맨발들을 위로하며 착해지기로 한다 정의롭지 않은 날들을 먹고 자라는 가로수처럼 먼지 쌓인 간판들이 환하게 웃으며 피어나는 밤이다 급기야 맨홀 뚜껑 위에 서서 당신과 나 그는 악수를 한다 곧 사거리 신호가 바뀌면 우린 잠시 헤어져야죠 버스가 있을까요 늦은 밤은 늘 서늘한 법이니까 울지 마세요 담벼락을 기웃거리는 붉은 장미들의 정열은 끝나지 않아요 붉은 설렘이 시작되는 밤 고독한 타협을 해야 하는 밤이라면 담벼락을 넘는 장미를 추천합니다

하늘이 맑은데 슬퍼요

지난여름의 새들은 모두 어디로 갔을까

돌아오지 않은 새들을 그리워하며 오늘도 창가에 앉았다

숨을 쉬며 기다리는 것은 진실

나로부터 시작된 오래된 뿌리

흔들리지 않고 있는 어제의 심지

어떤 것의 시작도 알지 못하며 노래를 부른다

가 보지 못한 저 너머를 상상하며 부르는 노래

오늘은 너머의 너머에 근접한 낭떠러지 앞에

공손히 두 발을 모으고 서 보는 것이다

바람에 휘청 날아갈 듯 언제나 막다른 길은

너른 허공으로 열려 있고

보이지 않는 손들이 기다린다

열매를 맺지 않아도 문장에 마침표를 찍지 않아도

막다른 길을 찾는 것은 눈감고도 하는 일

충분치 않은 결말을 가진 영화가 많은 세상

열린 허공으로 손을 뻗는 용기가 필요한 오늘이다

승화원 가는 길

구멍이 더러 보이는 돌벽을 따라
플라타너스가 길게 늘어섰다
허름해진 담벼락에 지워진 낙서들이 얼룩져 있다
그 길을 기웃거리던 발목들은 어디로 갔을까
흔들리는 배를 타고 바다 한가운데로 떠났다거나
소나무 아래 고요히 누웠다던가
쑥덕이던 이야기를 따라 산속으로 들어갔다는
근간 없는 이야기들이 자라고 있다
이야기가 사라진 길을 마주하고 돗자리를 편다
오늘은 혼자 마주했던 건조한 외로움을 다독이며
힘겨운 다리를 펴고 잠시 쉬게 하는 것이다
헐거워진 짐꾸러미는 바짝 마르도록
눅눅하고 초조한 불안까지 펼쳐
너풀거리는 바람 앞에 부려 놓는다
그늘 한 점 없는 땡볕을 한동안 걸어야 하므로
서로에게 위로를 모아주는 시간이다
마침 없는 길로 들어선 오래된 얼굴들
여전히 길 어디쯤 걷고 있을 것이다

누구나 가는 길이지만 가슴을 쓸어내리며
큰 숨을 들이쉬고 내쉬고
우린 잠시 서로의 어깨를 다독이며 화해를 한다
오솔길을 따라 걷고 있는 들국화를
따라 천천히 일어선다

기억 그리고 오아시스

　어디로 가고 있는지 모르는 게 나을지도, 숨을 쉬고 숨소리를 따라 걷다 보면 바람을 만나고 비를 맞는다 높은 하늘을 향해 날아오르는 새들의 날갯짓은 명랑하다 날개의 명석함은 오래된 안전지대로 데려가고 너의 고단한 말들은 잠시 나무 아래 부려놓는다 정의를 위해 허공을 나는 동안 계산되지 않은 시간은 늙어가고 거기가 맞아 맞아 그게 옳아 옳아 바로 그거야 하는 동안 또 다른 오류에 빠진 줄도 모르고 코를 골며 평화로운 밤을 맞는다 평화로운 밤을 맞을 때마다 불쑥 종려나무가 자라는 빼곡한 오아시스에 도착하는 꿈을 꾼다 넓은 그늘에 누워 사막의 별을 짚어보는 안락함, 그 안락함의 습관이 머리부터 발끝까지 밤마다 새겨지면 이제는 드넓은 사막이 그립지 않지 또각또각 소리나는 관절들을 부여안고 노곤하게 누운 밤이면 빼곡한 나무 사이로 부는 바람을 듣는다 사르락거리는 그 바람을 따라 여기 도착했다 뼈마디에 새겨진 숱한 오류들 새로운 오늘을 다지고 있다 꾸역꾸역 새벽이 일어나고 있다

각주로 살기

에로스의 종말이 왔다는데 당신은 어찌할 건가요, 라는
말에 답은커녕 우물거리지도 못하고 지금 여기서 무얼 하
고 있나요 생경스런 눈동자로 칠판을 쳐다보는 날, 우산꽂
이의 우산이 왜 화장실 욕조 안에 누워 있는지 도무지 알
수 없는 날, 분명 안경을 가방에 넣었는데 책꽂이에 꽂혀
있는 황당함, 택배 상자를 받은 적이 없는데 보란 듯이 식
탁 위에 펼쳐져 있다니, 내가 아닌 누군가 나를 스토킹하며
내 발자국을 읽고 있는 것인데 허리 옆에 괄호를 치고 참고
문헌을 표시해 두시길 개방적인 괄호보다 폐쇄적인 괄호로
묶어 깨알 같은 해석을 달아 두시길, 오래도록 들고나는 질
문에 답하기 힘든 날이 지나가면 나를 노리는 또 다른 나,
그를 위해 설명해야 할 시간이 다가오고 꼼꼼하게 괄호 치
고 닫고 괄호 치고 닫고 수많은 설명이 내가 되어 있는 날
문득 겹쳐진 괄호를 풀고 가벼워지고 싶은 날

세상의 모든 아침*

몇 번의 강을 건너야 할까

오래도록 당신이 들려준 첼로의 낮은음들을 떠올리며

어렴풋한 길을 따라 여기 도착했다

흐르는 듯 고여 있는 듯 물 위에

납작 엎드린 나뭇잎들

늘어진 나뭇가지를 걷어내는 앙상한 손을 기억하며

이미 썩기 시작했을 나룻배를 찾아간다

썩는, 썩어가는 나룻배는 만져지지 않는 영혼처럼

지나온 어느 강가에 머물러 있을 터인데

건너야 하는 강이 있기는 한 걸까

점점 작아지는 어깨 노 저을 준비도 되지 않았는데

어쩌자고 있는 것 같은 없는 배를 기다리고 있었을까

울지도 못한 파란 이야기들을 아직 펼치지도 않았는데

슬쩍 피어버린 장미를 어찌할 것인가

아침이 가고 봄이 오고 내일이 되고

고요한 침묵의 강을 또다시 건너야 한다는데

다시 아침이다

* 파스칼 키냐르의 소설.

생강 젤리

우울이 바닥에 흥건하다고 생각하는 저녁 곰팡이가 생긴 벽지를 뜯어내고 새 벽지를 바른다 찢어지는 연두 벽지가 바닥에 턱 하고 떨어지는데 덜컹하고 심장이 내려앉는 것 같아 창문을 열었다 네모만 한 찬바람이 숨 쉬는 나무처럼 찢어진 방으로 들어왔다 그런 적 없나요 꽉 찼는데 허전한 그 미묘한 우울 혈관을 타고 오르는 찬바람의 소리를 들은 적 말이예요 화하게 목을 타오르는 야릇한 찌릿거림의 설렘으로 당신은 처음이라고 했죠 동그랗게 입술을 오므려 침을 삼키며 계단에 주저앉는 일 그날은 천장까지 닿은 책들을 보며 지혜롭게 사는 방법에 대해 이야기하곤 했었죠 그건 별거 아니라며 사다리를 타고 올라가는 당신의 등이 작게 빛나는 순간이었어요 연두를 버리고 파란 벽지를 바른다 천장에 파란 하늘이 들어왔다 질겅거리며 바닥에 누워 생강 젤리를 씹어본다 연두가 사라지고 알싸하고 달콤한 하늘이 툭 떨어지고 있다

복숭아를 먹다가

마당에 복숭아나무를 심을 겁니다 뽀얀 복숭아가 매달리면 떠나가신 엄마를 모셔 와야죠 밤새 안녕하신지 안부는 묻지 않으려고요 살다 보면 당연하게 묻지 않아도 되는 때가 오기 마련이죠 나무 한 그루 심는데 왜 이리 먼 길을 돌아왔을까요 오늘 위로의 비겁함을 생각해보네요 교묘하게 포장된 달콤함이죠 그 달콤함을 먹으며 이제껏 살고 있네요 오늘 당신의 위로가 슬프지 않은 건 사슬에 묶이지 않았는데 묶인 것처럼 사는 또 다른 당신들이 많기 때문이죠 그러니 이제라도 복숭아나무를 심는다니 엄마는 복사꽃처럼 활짝 웃으며 말하겠죠 바람처럼 지나가는구나 영원한 것은 없어 무기력한 어깨가 더 나을 때도 있지 이제라도 복숭아나무를 심는다니 얄리얄리 듣던 중 반가운 소식이구나 한숨 돌리고 이제 물을 주려구요 하늘이 높아지는 계절이 곧 시작되려고 해요

제2부

침묵을 대하는 방식

삼겹살에 김치를 썰고 김 가루를 넣어 볶아내는 동안 지글거리는 냄새에 파묻힌 우울을 굳이 꺼내지 않기로 한다 너는 우아한 척 안경을 만지거나 아이스크림처럼 달콤한 거드름을 피워보지만 떨리는 손목을 멈추게 하는 환상적인 김치볶음밥을 먹으며 어제의 너를 용서하기로 한다 잠자리에 들기 전에 형제를 용서하세요 예수를 믿으세요 천국 갑니다 이층 복된 교회에서 흘러나오는 찬송가가 기름진 바닥에 울려 퍼진다 번질거리는 말을 주고받으며 여기저기서 솥뚜껑 위 삼겹살을 뒤집는다 찬송가와 지글지글이 절묘하게 음을 맞춰 퍼지는 동안 용서하지 못할 것이 무엇일까 거룩함을 가장한 절묘한 거절 배려심 없는 예의 바른 인사 도통 알 수 없는 너의 침묵 홍얼홍얼 읊어보는 것이다

첫 번째 산책
— 새 섬을 돌다

　바람을 따라 다리로 올라섰다 바다를 건너 바람이 모여
드는 곳 우뚝 선 섬들을 마주하며 숲으로 들어간다 말랑한
살이 오른 달팽이들이 나무 난간에 매달려 있거나 끈적하
게 바닥을 기며 껍질 안으로 들어갔다 나왔다 느리게 길을
지나고 있다 계단을 내려서니 다시 바람이 파도를 흔들며
소문들을 하얗게 부풀려 쏟아내고 있다 바람 부는 제주에
는 아가씨도 많고요 감수광 감수광 리듬 타는 의자에 앉아
노래를 부른다 어제의 비밀은 차례대로 기울어진 나무에
매달며 웃음을 터트린다 잠시의 민망함은 선글라스로 덮어
버리기로 한다 섬 허리를 돌아가니 윤기 나는 초록 잎들이
바다로 먼저 달려가고 있다 오래도록 품은 수다를 쏟아내
며 앞을 다투어 손을 뻗고 있다 가만히 잡아본 탱탱한 잎들
손끝이 간질간질 저릿거린다 새 섬 한가득 물길을 열어 새
살이 돋아나고 있다

두 번째 산책
― 서우봉 둘레길

　없어지고 싶었잖니 숨고 싶었잖니 산허리를 돌아 깊숙이 봉우리로 올라서면 준비 없이 첫사랑을 만난다 폭풍처럼 쏟아지던 너를 향한 눈물이 흘러 바다로 간 지 이미 오래 지난 폭풍에 넘어져 바닥에 엎드린 소나무를 이 발 저 발이 밟고 지나간다 과거는 묻지 마세요 혼돈의 시간은 금방 지나가리 낡은 액자에 쓰인 흐릿한 문장에 숨어 밥을 먹고 노래를 불렀다 아직 도착하지 않은 소식은 접어두기로 한다 정상을 등지고 둘레길로 접어든다 피기 시작한 수선화가 허리를 굼실거리며 바람을 마주한다 유연해지세요, 세상이 달라지고 있어요 오늘을 읽는 노란 모자를 따라 걷는다 모퉁이를 접어들자 바다가 수줍게 몸을 열고 누워 있다 바람이 다시 불기 시작한다

세 번째 산책
— 절물휴양림

삼나무 숲으로 들어가는 옥색 운동화 그 옆을 걷는 찢어
진 청바지 오래된 기억을 털어내는 방법을 소곤거리며 너
와 나는 길게 이어진 삼나무 숲으로 들어갔지 뒤돌아보지
말고 앞을 향해 난 길을 걸을 수 있다면, 너의 소곤거리는
수다는 경쾌한 노래처럼 숲을 가로질러 사라졌지 자꾸 뒤
를 돌아보며 웃음 짓는 목덜미들이 새삼 정겹기만 했지 바
람이 지날 때마다 가지가 휘청거리는 숲길로 들어가는 세
번째 산책 오후를 지나는 삼나무 숲에는 까마귀가 하늘을
가득 덮었지 허리를 구부려야 지나는 길목에서 잠시 걸음
을 멈추었지 굽히고 굽혀도 아직도 굽혀지지 않는 허리를
최대한 바닥에 구부리며 이 정도면 충만할 뿐이라고 흥겨운
리듬에 맞춰 노래를 불렀지 두툼한 입술 사이로 내일의 약
속들이 흘러나오지만 삼나무 숲으로 들어가는 지금, 때로
말하지 않아도 알게 되는 것들이 많다는 것을 읽어야 하지

2월이 가고

바람이 지나간 자리마다 뼈마디가 자라는 밤

가버린 엄마를 생각한다

엄마를 닮은 차가워진 발목이 허기를 부를 때마다

호흡 짧은 저녁이 시작된다

한낮의 열기를 보내고 긴 어둠을 기다리는 시간

고요하고 건조하게 창을 넘는 문장을 읽으며

흐르는 강물을 바라본다

천천히 떠오르는 얼굴이 누굴 닮았는지 알겠니

태생을 숨길 수 없는 친근함이지

멈출 것 같았던 날들이 가고 있네요

잠시 만났던 순간이 맨드라미처럼 부풀어 올라

알 것도 모를 것도 같은 이야기로 자라나고 있어요

어제의 강을 지난 당신은 여전히 지금을 마주하고 있겠죠

오늘은 죽은 이를 위한 성가를 불러본다

맑고 투명한 은총의 노래

누군가 널 위해 기도한다니

이제 당신을 닮은 웃음을 크게 내뱉을 수 있겠다

일인실로 가세요

혈압이 오십 아래로 떨어졌어요
이제 소변도 멈춘 거 같지요
지금은 열두 시 사십 분 일인실로 옮겨 주세요

엄마는 입을 벌리고 천천히 잠들고 있다 창밖에는 꽃이
피기 시작했는데 하얗게 노랗게 터지고 있는데 오늘은 고
작 어제로부터 24시간도 지나지 않았는데 일인실로 옮겨
야 하다니 다시 돌아올 수 있어요 침상 바퀴를 굴리세요
차트를 덮으며 등 돌리는 간호사 일회용 휴지와 물티슈는
챙기시고요 손가락이 움직이지 않는데 다리도 움직이지
않는데 곧 엄마가 일어나실 텐데요 지금 일인실로 가야 하
나요

한 시 삼십 분 심장이 멎는 순간
살짝 벌어진 입을 다물어 준다
뽀얗게 피어오른 얼굴을 마주한다
이제 곧 봄이 올 테고 바람이 불겠죠

온전한 일인실 공기는 어떠신가요

티벳에서 마주친

물고기를 방생하면 죽은 후 물을 따라가고
양을 방생하면 양을 타고 간다는 전설을 믿는 사람들
오색 깃발을 꽂아 오늘도 손을 모으고 소원을 빈다
야칭스*에 종소리가 울려 퍼지고
주름진 손을 펴 룽다를 돌리며 동글동글 걸어가면
바람이 차르르차르르 뒤를 따른다
절박한 애원이 이루어지기를
룽다의 울림이 닿는 구석구석 자비가 깃들기를
노인은 언덕 아래 회색 벌판을 바라본다
늙은 양에게 입혀준 비단옷이 닳아
실밥이 너풀거린다
노인의 등이 굽어 땅으로 땅으로
절을 하는 것 같다
오래 살았어 이제 가야 하는데
뿌연 먼지를 가르고 갈 수 있을까
어디로 가는지 모를 길을
늙은 양하고 떠날 수 있을까
마지막 내 소원은 양을 타고 길을 떠나는 일

누런 이를 활짝 펼쳐 미소 짓는

노인 얼굴 가득 꽃이 피고 있다

* 야칭스 : 티벳의 불교성지.

라일락이 피었습니다

오래전 길을 떠나 아직 돌아오지 않은
나를 생각하네 다소 거칠고 상쾌하고
투명했던 저녁의 나
모자를 따라 여행을 떠났던
머리를 질끈 묶었던 나
가방을 메고 운동화를 신고
풀밭에 벌렁 누워 하늘을 보던 나
좁은 어깨를 훌쩍이며 작게 울었던 어스름한 저녁의 나

달콤한 포도주를 마시며
미래를 상상했지
아보카도 같은 날들은 신선하고
밤새 비를 맞은 나무처럼 싱싱했지
십수 년이 지나면 모든 것을 알게 되지 않을까
오늘이 사라지고 어제가 내일이 되어가는 이야기
고독과 혼돈의 시간이 고스란히 펼쳐진
나의 소란하고 탱탱했던 골방의 기억
날마다 유리병에 담아

흘러가는 달밤으로 띄워 보냈지
기억이 떠난 밤이면 라일락 향을 따라
숲으로 향한 길을 걷곤 했지

오늘은 해 지는 강가로 떠나간 기억들이
하나둘 돌아오고 있다는데
점점 아득해지는 고요 아래서
낮은 노래를 부른다
후루룩 라일락 언덕 위에서
아직 도착하지 않은 나를 기다리며

아버지 그리고 가을

원인재 가로수길에 단풍이 들었다
붉은 혹은 노란 이야기들이 물들어 떨어지고 있다
아버지는 잠시 아프셨다
아픔이 길지 않았기에 우린 황망했고
이별 같지 않은 이별을 지금도 진행 중이다
밭은기침 소리에 철렁 내려앉는 가슴을
조리며 등을 구부리고 잠이 들었다
자다 깨다 밤새워 뒤척이며
아버지와 자전거 타는 꿈을 꾸었다
자전거 뒤를 잡아주는 아버지의 손이
팽팽하다고 느끼는 순간
자전거는 넘어지고
환하게 웃는 아버지를 보며
그저 반갑기만 했다
이제는 아버지가 꿈에 나타나지 않는다
평화의 안식을 얻게 하소서
공허한 기도가 위로가 되는 아침
맞잡은 내 두 손이 팽팽했던

아버지의 손을 닮았다고 생각한다

울컥

고개를 드니

창밖으로 가을이 깊었다

요동치는 밤에는

우린 거기까지라고 말했고 헤어지기로 했지 굼실거리며 어둠이 몰려오는 소리에 화들짝 놀라기도 하면서 찌직 눌어붙는 발바닥 소리를 들어가며 밤을 새울 수밖에 없었지 오래된 전설처럼 내려오는 이야기를 상상하며 잠들지도 못하는 밤 나는 당신을 용서하기로 했지 한 편의 연극처럼 반나절의 노래를 흥얼거리면 대상도 없는 그리움이 불쑥 자라나곤 했지 천장에 매달린 거미줄처럼 그리움은 여리고 고요했지 달빛을 이불 삼아 잠을 청하고도 싶었지만 누군가의 고백을 듣는 것처럼 설레는 일은 없어 땀을 흘리며 웅크린 자세로 밤을 지나고 있지 어두워질수록 거침없이 뻗어가는 나뭇가지들이 벽을 타며 흘러갔지 숲으로 들어가버린 진실이 완성되는 밤이었지

고독을 마주할 때

어쩌면 우린 너무 가볍게 여기로 왔지
짧게 때로는 길게 건너야 하는 다리
가려움과 진물이 들어차도 바람이 지나가면
괜찮겠지 나무에 꽃이 피면 끝날 거야
가라앉지 않는 밤마다
창을 열고 촛불을 켜고
보이지 않는 소리를 기다리곤 했지
가끔 아주 가끔
따끔거리는 손이 등 위를 지나는 것도 같았지
바닥을 기어올라
발바닥을 간질이며 쓰다듬는 것 같이 물이 흘러갔지
열린 창으로 쏟아지는 바람을 맞으며
침묵으로 답하는 법을 배웠지
낡은 책 속에 전설처럼 담겨 있는 소리를 찾아
촛불이 흔들릴 때면
문장과 문장 사이에 쪼그리고 앉은
나를 읽곤 했지

난지도 오후 3시

 난지도에는 비가 오고 있었고 우린 탁자에 둘러앉았다
이보다 더 완벽할 수 없는 동그라미 불판 위에 고기가 뒤적
뒤적 익고 있었다 지글거리는 소리가 비처럼 쏟아지고 고
기는 차곡차곡 접시에 쌓여갔다 모두의 건강을 위해 건배
를 외치며 건강하지 않은 음식을 먹는다 씁쓸하게 이별한
당신의 애인 이야기를 들으며 적당히 웃었고 그리웠다 그
땐 몰랐는데 지금은 알게 된 것이 다행이라고 말하며 당신
은 비처럼 울었다 누군가 지나간 것이 아름다우니 다행이
라고 말했고 젖은 손으로 어깨를 두드렸다 꼬들거리는 라
면이나 드시죠 여긴 난지도라고요 무지개가 뜬 방주는 떠
났거든요 빠르게 오가는 젓가락 사이로 오래된 습관처럼
옛 노래를 흥얼거린다 비가 오는 일요일 세 시 우린 쓰레기
더미 위에 서 있다

분주함 속에 외딴 그리움

오래되었으나 자칫 넘겨버린 일 혹 기억에서 사라진 순
간 또는 자멸했던 일 당신의 분노나 역겨움이 다시 올라와
용서하지 못했던 그 어떤 일 후벼 파고 도려내도 완치되지
않는 상처를 안고 사는 일 심연 깊은 곳에 뿌리를 내리고
자라는 아픔 그 어떤 순간에도 치유받지 못한 이야기를 엮
어 오늘 나무를 심었다 초록이 지지 않는 넓은 잎을 가진
뱅갈고무나무 플라스틱 화분에 담긴 나무를 돌보는 일 살
짝 흔들어 물을 털어주고 십 일에 한 번 물을 주는 일 깃털
만큼의 너그러움도 없이 단호하게 경계를 긋던 너의 침묵
을 마주하며 이유가 있든 없든 그것대로 또 다른 그리움이
된다는 것을 언제쯤이나 편하게 알게 될까 참신한 뱅갈고
무나무의 자세 싱그럽게 펼치는 잎들의 침묵에 귀 기울이
며 나무와 손과 천장 사이를 지나는 그리움에 잠시 멈추는
것이다

떠밀려온 해파리

촉수를 세우고 물속을 유영하며 투명으로 살아가는 생명체에게 경의를 표한다 속을 훤히 들여다보이게 산다는 것 흐느적 부드럽게 몸을 맡기며 흘러가는 대로 사는 해파리처럼 오늘은 당신의 속을 뒤집어 펼쳐보는 것이다 아무것도 들지 않았던 속을 그와 그들의 언어로 채워야 했던 시간 바람이거나 집착이거나 가로등의 쓸쓸한 이야기거나 익지 않은 사과처럼 꾸역꾸역 받아먹으며 고독하게 당신이 자라고 있다 아 하고 입을 벌려 밥을 받아먹던 빨간 내복을 기억한다 고사리손이 자라기도 전에 떠나버렸던 문장들, 읽기도 전에 이미 너의 글이 아니었으므로 우울이 자라는 바다로 피크닉을 가야지 투명한 피부를 자랑 삼아 바다에 펼쳐놓고 흘러가는 대로 몸을 띄워야지 먼 바다로 떠나기 전에 잠시 눈을 감아 보는 것이다

제3부

바라나시 강가를 떠올리며

상가 뒤편은 가로등도 없는 어둠이다 그 어둠 사이로 바짝 말라 오그라든 나뭇잎이 뒤집히며 흰 꽃처럼 폈다 진다 너는 바라나시 강가에서 꽃으로 장식한 관을 떠올린다 전생을 버리고 새로운 환생을 꿈꾸며 강을 따라 흘러가는 꽃들, 울지도 말고 뒤돌아보지 마시길 또 다른 생으로 떠나는 영혼을 붙들지 마시길 어제의 생을 버리는 축복의 시간들이 뿌옇게 흔들리는 강을 따라 출렁인다 깊은 눈동자를 따라 슬픔을 이겨내는 미소, 먼저 가시다니 축복이군요 꽃처럼 다시 피어나세요 누런 강을 따라 다른 생으로 건너가세요 곧 꽃이 피는 봄이 올 테지요 사원 처마에 앉은 원숭이들의 백만 년 동안 계속되는 인사가 들리시는지 사원 돌담을 도는 향 내음을 따라 천천히 건너가세요, 하루를 달려온 바람과 어둠이 나무를 돌며 거친 숨을 몰아쉴 때마다 사그락사그락 잎들이 수선스럽다 바라나시 강가에 피었던 꽃들을 떠올리며 어둠이 깊어지는 담벼락 밑에서 잠시 멈추어 보는 것이다

보드카를 마시며

한 번에 날려버릴 수 있는 기회

후끈 달아오르는 비명을 안주 삼아 혹 들이켜야 한다

비난의 이야기들이 방 안 구석구석을 돌아다녀도

흔들림 없는 보드카의 우아함을 집어 들어야지

뜨겁게 퍼지는 한 잔의 보드카를 위해

먼 길을 돌아왔다

예견된 사실들이 무례하게 쏟아지는 탁자 위로

다리를 뻗고 거짓말 같은 보드카를 건배해야지

잠시 보류

어쩌면 오래도록 보류의 삶을 연장하며 살았다

보류의 삶을 토해내고 토해내도

우린 합의점을 찾지 못한다

그 밤은 초가을처럼

슈퍼 가는 길에 바람이 불었다

보드카 주세요 새로운 거로

자극적인 밤이 가기 전에 우린 또 울어야 하니까

공원을 어슬렁거리는

어둠처럼 음습한 노래를 불러야 하니까

일상처럼 붉어진 문장들을 받아 적어야 하는 밤은

곧 지나갈 테지

블라디보스토크의 저녁

짝을 이룬 젊은이들이 바다를 향해 비스듬히 등을 기대고
맥주를 홀짝이거나
몇몇은 오리 배를 타며 저녁 해를 맞는다
덥지도 춥지도 않은 바람이 지나간다

어디서 시작되었을까
금발에 잘록한 허리, 환하게 웃는 하얀 이마들
거짓말처럼 자라버린 무희들의 발걸음
땅에 닿기도 전에 총총 사라지자
서서히 해가 지고 있다
연한 주황색이었다가 점점 깊어지는 붉은색
조금 더 진하게 진하게
시원한 맥주를 들이켜야지
혼돈을 지나야 한다면 바로 지금
사방이 어두워지는 지금
벌떡 일어나
곧고 희게 뻗은 다리를 따라가야지
노점상 바퀴를 따라

둥글게 굴러가는 마트료시카 인형처럼

켜켜이 숨긴 문장을 읽으며

해 지는 바다로 떠나가야지

바티칸에서 다시

기도는 보이지 않는 은총이라지 날아가는 비둘기들의 종알거림이 소란스러운 오후 길게 그늘진 계단에 앉아 종소리를 듣는다 깃발을 따라 이동하는 발걸음들 찰박찰박 경쾌하다 그들이 부려놓고 간 수많은 기도는 광장을 돌아 베드로 성당 지붕 위로 기둥 사이로 계단 칸칸마다 고요하게 스며든다 오늘의 간절함은 우산 나무가 되어 하늘을 향해 자라나거나 울퉁불퉁 돌바닥을 따라 거리로 나서거나 대리석 조각의 우아한 몸짓으로 되살아난다 팽팽한 시간을 지나 여기까지 왔나요 젤라또를 먹는 당신의 입에 거룩한 미소가 피어나고 있어요 이미 지나버린 어제의 시간은 접어두시길 어제와 내일이 고스란히 오늘의 간절함으로 광장에 펼쳐지고 있어요 당신의 웃음과 그늘과 이야기와 비둘기가 온전히 바람처럼 지나가고 있네요

바이칼행 기차

속사포처럼 쏟아놓는 이야기보다
침묵으로 입꼬리를 내린 회색의 얼굴들이
더 소란스럽게 느껴지는 기차
오색 천을 두르고 물건을 파는 원주민의 어깨가
음악 없는 리듬을 탄다
바다를 따라 달려가는 바이칼행 기차
따가운 볕을 등에 지고 아이스케키를 외치는 남자
읽지 못하는 동전을 찰랑거리며
초코바를 흥정한다
구부정하게 책을 읽는 노인
시간이 멈춘 듯 고요한 미소는 잠시
녹슨 창문에 걸어두고
무표정하게 기차는 다음 역을 향해 달려간다
너희는 알지 못해
지나온 흑백의 시간을
볼펜으로 휘갈겨 쓴 좌석번호가 흔들리는
낡은 기차를 탄다

맘마미아 튀김 가게

비스듬한 계단 아래
붉은 얼굴 남자들의 건배
바람을 향해 고개를 주억거리는
그와 그의 이야기
녹슨 사슬을 엮어 배를 띄웠지
파란 바다를 향해 노를 저었어
오늘을 위해 과거를 낚아 올리는
그물을 바다 위에 펼쳤지
깊고 넓게 팔을 뻗어 잡아 올린 싱싱한 이야기들
축배의 잔을 건배해야지

칠 벗겨진 파란 문이 열리고
돌계단을 따라
노랑 파랑 붉은 창문들이 손짓한다
여기예요 기다렸어요
언제든 돌아와요
먼 길을 돌아 이제 나무를 심어 봐요
아직 터지지 않은 웃음이 자라나는 나무요

정지된 바람 사이로

낡은 수레바퀴를 굴려

오징어를 돌돌 말아 튀김옷을 입히는

맘마미아 튀김집으로 간다

바삭한 기름 소리에

유쾌한 소란들이 굴러가는 골목

해가 지지 않는다

폼페이에서

돌길을 따라 오래된 정원이 펼쳐진다

지친 남자들의 발걸음

이끼 낀 홍등가로 들어선다

돌 사이에 핀 제비꽃이 흔들린다

몇백 년의 정열들이 바람처럼 꿈틀, 고여 있다

백만 년 만에 돌아왔어요

이 길에서 저 길을 기억한다면

멈췄던 노래를 다시 불러야겠죠

웅크린 몸을 펴고 잠을 청하는 건 어때요

뼈마디가 똑똑 소리가 날 테지만

한 번쯤 어깨를 펴고 다리를 펴고

눕혀 주고 싶어요

당신의 기도가 하늘에 닿기를

뒤틀린 허리를 펼 수 있기를

아직 당신은

숨을 멈추게 했던 그날의 아침

케케묵은 모순들이 정지된 순간

뜨거운 정사

순결한 기도

자유로운 영혼이

혼재된 도시의 골목에 머물러 있겠죠

낯선 발길들이 끊임없이 지나고 있는

이 소란스러움에 한 번쯤 깨어나 보세요

침묵으로 고스란히 되돌려 부풀려진 소문처럼

잠시 바람처럼 지나가는

일상을 살아보시길

피사에서 오후를 보내며

오랜 기울어짐이 원칙이 되어버린 오후

우린 잠시 몸을 기울이고 건조한 사진을 찍었지

혀를 내밀고 허리를 돌려 머리카락을 흔들며

모자를 돌려 각도를 맞추었지

곧게 자란 향나무가 바람에 흔들리자

뜨거운 빛을 받은 대리석들이 반짝,

기울기 시작한 당신을 세우고

다시 곧게 뻗어가는 뿌리를 내리지

기도가 되는 수많은 문장이

세례당 둥근 지붕 위를 맴도는 사이

잔디에 누운 발들이 소란스럽지

기울어진 그늘에서

무지개 우산을 파는 탄자니아 소년

너는 어떤 기울기를 가졌니

함께 걸었던 사각의 길이 사라지고

어쩌면 당신의 서늘한 삐딱함을 용서하는 시간

구름 한 점 없는 파란 하늘

우둘투둘 돌바닥을 덮고 있는 우울을 걷어가지
조금씩 기울이며 살고 있잖니
균형에 맞는 기울임이 짜릿하지 않니
빛 뜨거운 오후 짧은 그림자들이
서둘러 기울어진 벽으로 숨어들면
혼돈이 시작된 기울임의 시간
충만한 오후로 자라나고 있지

알함브라궁전에서

오래전 스치듯 지났던 길을 다시 돌아왔다
사이프러스는 여전히 길어
하늘로 손을 뻗고 있었다
나무와 나무 사이를 지나는 발과 발들이
물소리를 따라 붉은 벽을 돌아선다
꽃이 지고 피는 일이 너의 일이었고
오늘 다시 이 자리를 지나는 나는
그리움을 펼치는 둥그런 창문을 마주한다
차곡히 쌓인 노래들이 흘러나오는
정원을 지나 아직 읽지 않은 페이지를 넘긴다
때로 울었고 꿈꾸었던
별들이 그려진 여행자의 헐거운 가방
다소 경쾌하게 리듬을 타며
수백 년 알함브라궁전을 돌고 있다
고요하게 정돈된 바람과
끊어질 듯 이어지는 숨소리를 따라
돌길을 걷는다
언젠가 다시 올게요

당신의 꺾어진 나무를 기억하며

사랑이 이루어지길 기도할게요

여긴 여전히 그리움이 가득한 영혼의 정원

비 오는 베니스

플로리안 카페에 우아하게 앉아

에스프레소를 마시고 있는 카사블랑카와 눈이 마주친다

둥근 창 너머에 이제 막 피기 시작한

한 다발의 비둘기 꽃들이 날아오른다

고스란히 억겹의 시간이 지나가는 광장

춤을 추는 여인들의 웃음소리가

철벅철벅 웅덩이를 지나간다

낮은 저음으로 스카프 여인을 부르면

비 오는 베니스 골목은 왁자지껄 깨어나고

도착지 없는 곤돌라는 여기저기 담벼락을 기웃거린다

흔들리는 배를 향해 우산을 들고 뛴다

두칼레 궁전 기둥 사이로

오래된 미소가 바이올린을 탄다

비가 와요

스카프를 둘러쓴 여자를 따라

흔들리는 곤돌라를 타세요

벽돌 사이 이끼를 훑어

다시 길을 떠나야지요

발걸음이 빨라지는 당신의

어깨를 돌려세우지 않을게요

지금은 비를 맞으며 곤돌라에 올라야 해요

백만 년을 기다려온 사공이 웃고 있네요

생기 가득 축축한 세레나데가 흘러나오면

폴짝 댄스를 추는 여인들의 춤이 시작된다

아름다움에 대한 두려움

부에노스아이레스 기차역은 수수께끼 같은 이야기들이 머물러 있다지 가벼운 추억 혹은 깊은 상처들이 덕지덕지 나무에 걸려 자라나고 이루지 못한 소원들은 나란히 선로에 누워 기차가 지나가길 기다린다지 이루지 못할 꿈을 기록해 빛 좋은 날 역전 시계탑 밑에 부려놓아도 누구도 비웃지 않고 쓰다쓰담하고 지나가는 곳 오늘 나의 외로움에 대해 너에게 말하지 않아도 조용히 밥을 먹을 수 있는 곳 오래된 상실이 반복되는 일상처럼 가볍게 지나가도록 길을 비켜주면 너와 나는 포옹을 하고 아름답게 이별을 한다 돌아서는 너의 등을 보며 훌쩍 자라버린 해바라기의 경쾌함이 슬픔으로 읽히는 그림을 떠올린다 어둠이 가득한 골방에서 물감을 찍어 꽃잎을 그려가는 화가 부에노스아이레스 기차역에는 수수께끼 같은 이야기들이 머물러 있다지

김영갑 갤러리에서

바람 소리를 들었다

마른 잔디를 고요히 달려오는 거친 이야기

어젯밤 그제 밤을 지난 수억 년의 밤 이야기

버스럭 마른 풀들 위를 달려 허공을 채우는

비 오는 오름에 올라 납작 엎드려 바람을 기다리는 시간

헐거워진 외투 사이로 반짝이는 냇물이 지나간다

렌즈 안으로 들어오는 바람을 고스란히 담아

벽 한가득 펼쳐놓으면

위에서 아래로

옆에서 옆으로 쉼 없이 지나가는 바람

나무들이 허리를 꺾는다

숭숭 바람이 드나드는 돌멩이 사이로

엄마는 숨을 쉬었다

바람이 지날 만큼 틈을 남기며

돌담이 쌓여갔다

오늘의 바람은

작아지고 작아진 창문을 두드리거나

담장 옆 수선화를 간질이고 있다

그라나다 유대인 거리에서

여름이 가고 있었고 빨간 파라솔 밑에서 맥주를 들이켜
는 콧수염의 남자들 옆에서 우린 머리를 맞대고 까마귀와
책상의 공통점을 찾고 있었지 머리를 길게 늘어뜨린 빨간
카디건의 여자는 그 남자가 그렇게 건조할 줄 몰랐다고 말
했고 누군가 슬픔이 깊으면 그럴 수도 있다며 경건하게 모
자를 벗었지 우린 다시 식어버린 차를 홀짝이며 까마귀와
책상의 공통점을 생각했지 골목은 점점 어두워지고 여자는
가만 생각하니 그것은 환멸이었다며 울기 시작했지 한 번
도 들은 적 없는 위로를 어디서부터 시작해야 하는지 모르
는 누군가는 어깨를 으쓱 흔들곤 빨간 파라솔을 떠나갔지
이제 더 깊은 어둠이 몰려오자 오색 램프에 불이 들어오기
시작하고 코끼리 문양이 그려진 식탁보가 탁자에 깔리면
물담배 연기가 피어오르지 이제 막 골목을 빠져나오는 누
군가들이 환한 불빛으로 걸어 들어가고 빨간 카디건의 여
자는 자신의 장례는 수목장으로 해달라며 눈물을 닦았지
알함브라 맥주를 건배하며 아차차 까마귀와 책상의 공통점
을 찾지 못하고 또 하루를 보냈다며 다시 다른 날을 도모하
고 말았지

속초

빗속을 달려 회색 하늘과 바다가 맞닿은 속초에 도착했다 촉촉하게 입안을 돌아 쏟아지는 언어들이 바람을 타고 귓가에 닿았다 모래바람이 어디서 시작되었는지 어제의 바람이 아니고 오늘의 바람이 아니고 끝을 모르고 내일로 가고 있는 바람이 아닐까 그늘에서 말라가던 쪼그라든 맨드라미처럼 정의롭지 못한 날 떠돌이 고양이 발자국을 따라 속초로 왔다 색칠이 벗겨진 러브체어에 앉아 비 오는 속초를 읽어 본다 파도가 끊임없이 달려와 모래 속을 뒤집어 조개껍데기를 밀었다 당겼다 파묻었다 다시 파헤친다 이쪽에서 저쪽으로 훅 밀려간 깨진 조개껍데기 더 이상 파도가 닿지 않는다 밀려난 자리는 다시 건조한 정적이다 귓등으로 파도 소리를 들으며 누워본다 다시 뒤집힐 때까지 그대로 잠시 침묵하는 것이다 태생을 몰라도 좋은 날 속초에 왔다

제4부

모과에게

　라디에이터 위 모과처럼 납작 엎드려 본다 모과는 시들어가며 한쪽으로 기우는 중이다 고개를 기울여 모과의 시선을 따라간다 나무가 기울어지고 있다 가지 하나가 흔들리다 멈춘다 기울어짐의 역사는 그리 오래되지 않았다 팽팽한 한낮의 뜨거움과 적당한 시간이 반복되는 동안 서서히 기울어지는 것이다 이번엔 창문이 기울어진다 사각의 나무틀에 삐딱하게 끼워진 유리가 헐겁다 나뭇잎이 날아간다 바람이 지나는 동안 어제의 새들은 어디로 갔을까 한쪽 날개를 기울여 멀리 날아갔다는 소문은 향기를 잃어가는 모과처럼 매력적이지 않다 결핍이 자라나 무궁화꽃이 피었다는 소문이 더 이상 화려하지 않은 날 기울어진 모과를 집는다 군데군데 갈색 점들이 깊어진다 라디에이터 위에서 온몸으로 시간을 견뎌내는 모과의 경건한 노동을 읽는다 어제의 기억이 오늘의 일상이 되는 동안 아직 마르지 않은 모과의 향기가 위로가 되는 밤이다

전철에서 마주친

여자는 양배추의 사각거리는 소리가 슬프다고 생각한다
접힌 상다리처럼 하루가 지루하다고 말하며 45°로 고개를
숙이고 전철을 탄다 이수역에서 창동역까지 규칙적인 숨소
리로 습관이 몸을 지배한다고 말한다 흔들리지 않는 방에
서 살고 싶어요 좌우가 똑같은 벽지를 바른 직사각형의 긴
창이 있는 방이요 전철 밖으로 유람선이 지나간다 만국기
아래서 사람들이 손을 흔들며 허공을 지나 전철 안으로 안
부를 전한다 잠시 내려놓을 수 있는 것이 무엇일까 여자는
천천히 강물로 떠나보내도 좋은 것을 생각한다 따뜻한 국
물이 있는 식탁 활짝 핀 꽃을 마주한 침실에서 잠이 들고
싶어요 노래 가사처럼 아득한 능청이 필요해지는 시간 화
들짝 열린 문 밖으로 나서보는 것이다

거울을 닦고 싶은 날

귓가에 예민하게 붙어 있는 어젯밤의 호르몬, 밤새 리듬 타는 소리를 떨쳐내고 싶은 날 뽀드득 힘주어 물티슈로 거울을 닦는다 손끝이 위에서 아래로 옆에서 옆으로 지날 때면 흘깃 마주치는 눈동자 경계를 넘나들며 얼룩을 찾는다 경멸이 가득했던 어느 밤 술잔을 비우며 함께 밥을 먹고 노래를 불렀던 얼굴을 기억한다 담벼락에 가득 해당화를 그렸던 그 밤이 불쑥 되살아나면 심장을 뜯어 먹으며 수치심이 자라난다 혼돈의 세계를 건너 여기로 오기까지 너와 나와 그는 비를 맞았고 소리를 질렀고 때론 침묵했다 비스듬히 얼굴을 기울이며 거울을 닦는다 닦아도 닦아도 삐죽거리며 되살아나는 소란스러운 얼룩들 내일이 되어가는 기록들이 찬송이 되는 날이다

헨젤과 그레텔 요양원

우리 애는 그런 애가 아녀라 겨울이니께 따뜻한 곳에 데
려다 주고 간 거 뿐이여 조개껍질을 따라 오라고 했는디 그
걸 놓쳤을 뿐이지라 아들놈이 해빙기가 지나믄 다시 조개
껍질이 나타날 꺼라니께 그때 오라는디 걱정 마시지라 시
간은 금방 가는 갑디 여그 추위는 없으라 따뜻한 모래랑 바
람이 있지라 낮에 그늘 밑에 누워 있응께 세상 불안한 게
읎읍디다 졸리믄 자고 배 고픈 뭐시냐 바나나 따 먹고 여
그는 병원 갈 일 없지 메느리 눈치 볼 일도 읎고 잘될썌라
조개껍질을 못 찾아 그라지

한 날은 조개껍질이 보여 따라갔지라 우쩐 일인가 싶더
라고 꾀 많아서 말이여 인제 손주 놈들 보는갑다 했는디 그
날따라 관절이 쑤석거리는디 그라도 껍질 따라가는 재미는
안 있읍디요 근디 이게 뭔 일이지라 따라가다 본께 바다로
가고 있더랑께요 발목까지 물이 차오르는디 다리가 후들거
려서 주저앉었지라 엉치로 밀며 조개껍질 따라강께 목까지
물이 차오르는디 바닥엔 껍질이 계속 있는 갑써 아 해빙기
가 시작된거드라고

해빙기는 맞는 갑디요 물이 철철 넘치고 껍질이 지천에 깔린 거 본께로 말이여 근디 갑자기 옛 생각이 납디다 언제여 고것이 아들놈이 다섯 살 땐가 시장 따라나섰다가 손을 놓쳤는디 아 식겁했어라 하늘이 노래지믄서 기냥 주저앉었지라 아 근디 거기 서 있드라고 하늘이 노래지니께 만나지드라고

순식간에 물이 코로 들어오는디 그 순간에 왜 그 생각이 났는지 모르지라 사방이 노래지니께로 아들놈 금방 만날 꺼 아닌가 싶어지는디 아 저그서 아들이 둥둥 걸어 오는갑서 근디 아들놈한테 뭐라 한다요 너무 빨리 해빙기가 왔다고 혀야 하나 오다본께로 왔부렀다고 혀야 하나 말이여라 해서 손사래 쳤어라 에미는 잘 있네 얼렁 자석들한테 가소 요로코롬 얼굴 봤은께롱 됐지라 더운디 땀띠나그로 뭐할라 왔소 잉

그라고는 등 돌리고 나왔뿌렀어 뒷꼭지에서 아들놈 얼굴이 자꾸 밟히는디 그라도 우짜겄소 모래밭에 조개껍질이나 자근자근 밟아뿌러야지 인저 따라갈 일도 없응께로 말여

근디 누가 부르드라고 그라서 고개 든께로 무신 집이 그리 많은지 말여 조개껍질로 만든 집말여 집집마다 문 앞에 늙은 마녀가 앉았는디 본 적 있어라 딱 그 얼굴이여 과간이더라고 나도 심심도 혀고 해서 집 하나 지었으라 조개껍질인디도 튼튼혀서 다음 해빙기도 거뜬히 지나겄더라고

어이 저그 할마시 하나 또 나오네 그랴 어디까정 들어갔다 나온겨 몸 말리고 얼렁 집 짓드라고 에믄 껍질 밟아대지 말고잉

경기 부동산

통인시장 입구에서 버스정류장 쪽으로 올라가면 두 겹의 창을 문으로 달고 있는 부동산이 있다 앙고라 스웨터를 입은 주인 여자는 눈을 가늘게 뜨고 유리를 닦는다 낡은 소파에 쌓인 먼지를 닦고 컴퓨터를 닦고 심연처럼 깊은 눈을 가진 거울을 닦는다 에로스가 더 에로스적이지 않음이 익숙한 저녁 유독 빵 냄새가 진동한다 버스정류장 건너 두붓집을 보며 어제의 저녁이 아니고 내일의 저녁이 아닌 그렇다고 딱 오늘의 저녁이라고 할 수 없는 그 어떤 저녁엔 두부부침을 먹어야겠다고 생각한다 가파른 계단을 품은 골목을 돌아 집으로 올라가는 길 에로스가 열매처럼 달린 나무를 상상한다 빈 주차장 한쪽에 누런 달이 뜨는 밤 가로등을 지나는 그림자가 기특한 밤이다

오래된 기도

오래된 고민이었겠지

몸 추스르는 가을 나무 같은 야윈 마음이 되었겠지

풍성한 여름의 기억이 자꾸 떠올라

혹독한 겨울이 두렵기만 하지

바람이 오면 오는 대로 살점이 떨어지면 떨어지는 대로

햇살 비치는 오후 한낮에도 오싹 마음이 오므라들 텐데

상처 난 줄기는 오래도록 쓰리고 아프겠지

어둠이 가고 아침이 오고 다시 봄이 올 때까지

어떻게 서 있어야 할까

누울 수도 없고 기댈 수도 없는 몸을 펼 수 있을까

가지를 허공으로 뻗는다

어둠을 향해 있을 또 다른 뿌리를 떠올리며

결국 알아채지 못한 기억들이 너무 많은 날이다

숨을 수 있다면

단단하게 뭉쳐진 허공을 향해 고개를 들 힘이 있다면

떨어지는 나뭇잎을 용서할 수 있겠지

익지 않은 채 썩어가는 모과를 안아 줄 수 있겠지

수시로 가지를 흔들어 용서를 청하는

바람의 시간을 들어본다

고요를 넘나드는 소리

두려워 말아라

곧 겨울이 가고 봄이 오는 것처럼

어둠의 어둠으로 들어갈수록

깊고 고요한 침묵을 만날 수 있겠지

침묵을 준비하는 자세

어둠이 이어지는 밤 같은 낮이 가고 있다
창문을 열었는지 바람이 부는지
퉁그러진 손가락의 마디를 펼 수 없다면 그저 그런 시간들
허리를 펴고 일어나 하늘을 볼 수 없으니
내게 주어진 황홀한 시간은 기억 속의 어느 날들이겠지

저 너머 깊은 시간을 기꺼이 기다렸지만
하나씩 멈추어 가는 몸을 따라 고단한 일들을 접는 시간
마침표도 없는 고요하고 고독한 길을
눈으로 마음으로 쫓아가야지
숨을 몰아쉬다가 산소호흡기로 숨을 살리며
아직 도착하지 않은 고요를 생각하지

기억에 없는 애틋한 이야기들이 절절한 기도가 되는 오후
이미 떠나버린 바나나를 떠올리지
싱싱한 노랑처럼 웃음 짓고 있는
그의 오래된 기도를 들으며
이제야 안도의 숨을 쉬며 침묵해 보는 것이지

성당에 앉아

삐걱거리는 소리에도 연륜이 있다고 한다면
곧은 너의 뼈는 백만 년 전의 기록
달콤하게 지나온 광야의 거친 바람의 기억
고스란히 침대 위에 펼쳐놓고 울어 보는 것이다
꺼이꺼이 홀로 우는 이유가
반쯤 열린 창으로 들어오는 햇살이
더는 따뜻하지 않다거나
오래된 궁창을 만나지 못했기 때문일 수도 있겠다
확연하게 말할 수 있는 건
나를 위한 위로가 나를 위해 울어주는 것
구부정하게 기울어진 어깨로 올리는 기도를 들어주는 것
낡은 뒷모습에 읽혀지는
깊게 팬 주름처럼
언젠가 되돌아올
오래된 기도를 또박또박 한 음절씩
읊어 보는 것이다

자화상

하얀 사각의 액자

테두리는 거칠지만 파도를 맞고 있는

액자 안의 섬은 고요하다

누군가 말했다

역겨운 겨울이 오면 저 섬으로 떠나리라

연극 대사 같은 문장은 거칠게 물거품을 일으키며

더 먼 바다로 떠나갔고

작은 섬은 더는 침묵할 수 없음을 알았다

깨진 거울과

지난여름의 이별과

쪼그라드는 구절초와

한낮의 당혹스러움을 관통해야만 하는 시간이

액자 속에서 자라나고 있다

가끔 숲으로 들어갔던 발목을 떠올린다

경쾌하게 웃던 목젖과 호들갑스러운 목소리

색판을 뒤집으며 허리를 펴던 갈색의 선글라스

느리게 아주 느리게 뛰고 싶은 심장 소리를 들으며

보물 쪽지를 찾았다

출렁일 대로 출렁이는 오후 햇살이

천천히 숲을 빠져나가면

소란스러움이 더 소란스럽지 않은

온전한 고독을 마주한다

액자 속 작은 섬이 파도를 맞으며 웃고 있다

편의점 주인 용 아저씨

유리문 안에 갇힌 남자는 소싯적엔

가끔 도끼를 들고 바람을 일으켰다지

붉거나 검은 연기를 피워 올려

기우제를 지내는 손바닥처럼

비벼도 털어내지 못한 잔금들을 몸에 가득 심었다지

오래 살겠다고 술도 끊고 담배도 끊었는데

지금은 푸르고 가늘게 팔목을 타고 오르는 용만 남았다지

금방이라도 하늘로 치솟을 것 같은 눈을 부라리며

여의주를 꽉 물고 있는 용 한 마리

어깨가 실룩거릴 때마다

허공으로 튀어 오를 것처럼

이리저리 몸을 뒤틀곤 하지

땡그랑 편의점 문 열리는 소리에

어서 오세요 외치는 용 아저씨

다소곳하게 두 손을 모으면

어깨에 용 한 마리 납작 엎드려 움찔거리지

실금처럼 가늘고 길게 정성을 다하면

하늘로 오를 수 있지 않을까

배달 갑니다
후드득 빗속을 달려 나가는 아저씨
등 뒤로 빗방울이 튀어 오르고
팽팽한 용 한 마리 나르고 있지

섬이 사라졌다

목욕탕 뿌연 거울 앞에서 엄마는 내 등을 밀었다 위에서 아래로 옆에서 옆으로 까슬한 때수건이 지나갔다 넌 너무 쌀쌀맞아 내 속으로 너를 낳았다니 따끔거리는 등짝보다 축축하게 허공에 울리는 말마디가 걸려 등을 움츠리며 나는 더 차가워지기로 했다 엄마보다 할머니가 더 좋다구 빨간 세숫대야에 물이 넘치는지도 모르고 엄마는 더 세게 내 등을 밀었다 얼굴도 돌리지 않는 내 좁은 등을 밀며 엄마는 무슨 생각을 했을까 뿌옇게 김이 서려 점점 안 보이는 거울을 보며 엄마는 세수를 하고 머리를 감았다 닦고 닦아도 다시 김이 서리는 거울처럼 오래도록 앞이 보이지 않는 뿌연 길을 엄마는 쉬지 않고 걸었다 가끔 외로웠을 것이고 때론 길을 잃고 싶었을 것이다

목욕탕 안에 희멀건 등짝들이 안개 속 섬처럼 둥둥 떠오르다 사라진다

새의 고단함에 대하여

비를 뚫고 날개를 펴고 검은 바위에 앉는다 잠시 웅크린 눈빛을 추슬러 날개를 퍼덕이며 바람을 탄다 날개를 쭉 펴고 팽팽한 기류에 몸을 얹는다 앞으로 나가지 말고 위로 올라가지 말고 아래로 몸을 낮추지 말아야 한다 바람과 맞서거나 날개를 퍼덕이는 날갯짓의 역사는 오래된 버팀, 끊을 수 없는 바람과 소문을 견디는 일이다 밤이 되면 잃어버린 습관과 예의를 기록하거나 드문드문 찍힌 앞서간 자들의 발자국을 따라 땅 위를 걸었다 가끔 규칙적인 흔적이 불편해지면 어두운 밤하늘로 다시 날아오르거나 나무에 앉아 나뭇가지인 듯 숨을 죽였다 그럴 때마다 마른버짐이 떨어졌고 눈은 점점 깊어졌다 아버지는 새를 닮았다 어깨를 세우고 새벽이면 대문을 나섰다 시린 손을 웅크리고 버스에 올라 위도 아래도 아닌 눈높이만큼만 보고 걸었다 지친 어깨를 접어 돌아올 때는 점멸등이 깜박였다 새들의 오래도록 규칙적인 날갯짓은 과거로부터 오늘을 살아온 방법이다 오늘밤도 뼛속 깊이 기록되었으나 희미해져 가는 고단한 날개의 기록을 꺼내 읽어 보는 것이다

챔질

이토록 기다려 본 것이 있었나 흐르는 물을 바라보며 흔들리는 허리를 세우고 미끈거리는 바닥에 다리를 벌리고 있는 힘을 다해 버텨야 한다 물 위를 흐르는 낚싯줄을 잡아당겼다 풀었다 물을 따라 흘러가게 적당히 힘을 빼고 띄워보는 것이다 흐르는 대로 맡기는 시간 산다는 것이 시소 균형 잡기보다 어렵다는 것을 가끔 알게 된다 바늘 끝 흔들림을 알아채지 못하고 놓쳐버린 연애의 시간 가끔 팽팽하게 끊어질 듯 이어진 찰진 너와 나의 관계를 생각한다 슬쩍 모른 척 놓아주며 잠이 들던 밤 물살에 몸이 슬쩍 흐르는 것도 같은데 등줄기를 당기며 버텨야 한다

침묵, 응축된 시간의 시학

김효은

(시인 · 문학평론가)

> 기다림의 말, 그것은 아마 침묵할 것이지만 침묵과 말을 따로 떼어 놓지
> 않으며, 침묵을 이미 어떤 말함이 되게 하고, 침묵인 말함을 침묵 속에서
> 이미 말한다. 왜냐하면 치명적인 침묵은 입을 다물지 않기 때문이다.
> ─『카오스의 글쓰기』, 모리스 블랑쇼, 그린비, p112.

1. 프롤로그 : 침묵의 말

침묵의 수행성에 대해 생각한다. '말하지 않음'으로써 말하
기란 무엇인가. 그 '않음'의 능동성에 대해, 그 '거부'의 힘에
대해 우리는 지금껏 묵과하거나 간과해 오지는 않았나. 침묵
은 많은 일을 한다. 침묵은 자물쇠가 되어 비밀을 걸어 잠근
다. 침묵은 발화되길 기다리며 스스로 때를 기다리며 익어간
다. 침묵에도 영혼이 있어 침묵의 영혼은 어떤 영혼을 봉인한
채 묵묵하게 견디거나 오래 인고의 일을 하기도 한다. 어떤

침묵은 대상을 땅속 깊이 묻는다. 보존하거나 발효시키기도 하고 때론 고통스럽고 형형한 날것 그대로의 상처를 형체도 없이 삭혀버리기도 한다. 침묵은 상실을 상실하거나 상실을 상실의 형태로 보존한다. 침묵의 쓸모와 쓰임새는 셀 수 없이 다양하고 침묵의 기한과 경도傾倒와 경도硬度 또한 그러하다. 침묵은 악용되기도 한다. 침묵은 때로 위중한 진실은 함구한다. 발화되면 폭발해 버리는, 혹은 그 반대로 발화되어야만 시한폭탄을 멈추게도 하는 것 또한 침묵의 일이다. 파괴하고 붕괴시키는 침묵도 존재한다. 작은 모래알 하나가 상처에 켜켜이 묻혔을 때, 상처는 오랜 시간 진물과 염증으로 스스로를 감싸고 보호하고 단련해야 고통의 결정체인 진주 한 알을 얻어낼 수 있다. 그 승화의 시간에도 침묵이 존재한다. 이 고통과 슬픔을 먹고 자란 침묵의 씨앗은 무성하게 자라나 어느 시인에게는 단 한 편의 영롱한 시가 되어 눈부신 언어의 결정結晶을 이루기도 한다. 마치 송진에 갇힌 벌 한 마리가 산 채로 화석이 되어 값진 원석이 되듯이. 고통과 침묵은 어느 지점에서 분명 예술작품으로 현현되기도 한다. 죽음과 고통, 상실과 침묵, 시詩는 친연성을 띤다. 침묵은 시가 될 때 아름답게 현현한다. 침묵은 그 빛깔과 향과 강도가 다채롭고 신비하되 자체로는 알아보기 힘들다. 침묵은 멈춰 있으되 흐르며 고여 있으되 한 지점에 쌓이지 않는다. 침묵은 그 힘이며 자장이며 에너지와 파동을 보이지 않는 능동태로서 기능한다. 침묵은 용서와 화해처럼 언젠가 해야 할 말의 거푸집이 되기도 하고 침묵은 그 자음과 모음마저 낱낱이 녹아 흐르거나 증발했다가 어느 순간, 아 하고 터져 나오거나 결집되어 나오기도 하는 무형의 한 잠재태와 가능태로 존재한다. 침묵은 깨지기 직전의 크리스털 잔처럼 투명하고도 늘 위태롭다. 그리하여 침묵은 기다림이며 한 용기容器이다. 다양한 빛깔과 색, 향을 담아내기도 하는 침묵의 용기는 삶을 담아내거나 혹은 대항하여 견디게 하는 용기勇氣가 되기도 한다. 마치 연초록의 토마토처럼. 채 익지 않은 모과처럼. 그것들은 시간의 향을 견디며 놓여 있는 방식으로 존재한다. 그것들은 푸름 속에 붉음을 내장하기도 하고 그렇지 아니하기도 하다. 연둣빛 침묵을 들여다보며 붉음의 미래를 선취하고 조망하고 아무도 모르게 조금씩 발설하는 일, 어쩌면 그것은 시의 언어가 작동하는 방식과도 닮아 있는 것이리라. 한 미래를 끌어오되 아껴 발화하는 일, 침묵을 말하는 자와 듣는 자 모두 결국엔 침묵을 사랑하고 향유하는 자들이다. 침묵의 일은 결국 오늘 '지금 여기'에 대한 사랑과 연애의 감정, 즉 삶을 경애敬愛하는 마음이 없이는 불가능하다.

2. 침묵이 유영하는 시간

여기 침묵의 방식에 대해 고민한 한 시집이 있다. 조연수 시인의 이번 시집은 침묵에 대한 고민과 성찰의 흔적을 보여준다. 침묵과 침묵을 대하는 방식은 다르다. 그러나 침묵을 대하는 방식은 곧 어떻게든 침묵과 만나는 방식이다. 침묵의 파장은 시의 파장과 다르지 않다. 침묵은 대상에 의해 규정되고 의미화 되기 때문이다. 한 편의 시 역시 마찬가지이다. 김춘수의 '꽃'처럼 대상은 다른 대상에 의해 호명되거나 시선의 대상이 될 때, 혹은 한 맥락으로 상호 연결될 때 비로소 서로에게 의미화 되고 존재로 현현되는 것이다. 침묵 또한 그러하다. 다시 침묵의 수행성에 관해 생각한다. 침묵은 한곳에 고여 있지 않다. 흐르고 움직이고 유영한다. 단단하고 푸르던 연두의 침묵은 말랑하고 붉은 침묵으로 숙성해 가기도 한다. 침묵의 마디마디에 맺힌 "쌉싸름한 물방울들이 터"져 나와 맺힌 노래의 증류는 시인의 시선과 목소리를 빌려 더 진한 향과 빛깔로 응결되어 한 편의 시로 발화된다. 침묵은 기다림 속에 있기도 하고 침묵하는 자신에 대한 망각 속에 있기도 하다. 조연수 시인이 노래하는 침묵의 생장점, 침묵의 발화점은 어디일까. 첫 시집의 표제작 「아마, 토마토」의 기억 속으로 거슬러 올라가 보자.

토마토가 흘러내리는 식탁에 앉아 있었어 달콤하지도 쓸쓸하지도 않았지 처음부터 그걸 먹으려는 의도는 없었어 어하튼, 이야기는 그렇게 시작된 거야 식탁에서 흘러내리는 토마토를 기억하겠지만 첫 만남은 갓 연두를 벗어난 붉은 짭짤이 토마토 울룩불룩 포즈로 접시에 담겨 있었어 연애의 시작은

이런 거였지 붉지 않아도 붉게 터질 거라고 상상하는,

그래도 토마토였기 때문일 거야

토마토가 흐르는 식탁 위로 날카로운 발톱을 숨긴 낯선 고요가 터지는 밤이었지 식탁은 지루하게 토마토 즙을 받아내고 있었거든 수많은 연애 사건이 터질 때마다 식탁에 그려진 침묵은 사각기둥이 되고 벽이 되었지 번개가 친 건 그때였어 시도 때도 없는 탱탱한 울림 적응이 안 된 내 피부는 축 늘어지고 말았어 파란 연애를 하기엔 부족한 시간,

짧은 문장만 남기고 시들어가고 말았지

살짝 질긴 껍질을 걷어내고 쌉싸름한 물방울들이 터지면 건강한 웃음이 시작된다는데 붉게 터지는 그게 파란 연애라고 하기엔 무언가 어설퍼 연두를 건너 붉음으로 소란스런 달빛을 맞으며 붉게 타오르기 시작한 심장을 받아주기엔 아직 밤이 지나지 않았지 그러저러한 시간을 돌돌 말아 웅크리고 있는,

붉은 아마, 토마토

— 「아마, 토마토」(『아마, 토마토』, 문학의전당, 2013) 전문

여기 식탁 위에 "날카로운 발톱을 숨긴 낯선 고요" 한 마리가 침묵으로 숨 쉬고 있다. 또 다른 침묵인 연둣빛 토마토를 향해 연애 감정으로 그 주변을 맴돌며 사랑을 구애하기 위해 호시탐탐 그를 노리는 침묵의 날선 공기. 침묵은 수동적이되 잠재적 능동태로 존재한다. 아직은 어설픈 "파란 연애"와 농익어 "붉게 터질 거라고 상상하는" 연애는 결국 같은 하나의 시작점이 되어 토마토 안에 응축된다. 시인은 "연애의 시작은 이런 거" 결국 상상에서 비롯되는 것이라고 전언한다. 어제의 초록과 오늘의 붉음 사이, 오늘의 초록과 내일의 붉음 사이 그 사이 마다에서 사랑의 말은 침묵과 눈빛으로 숙성된다. 그 연둣빛 불안 안에서 우리는 내일의 토마토와 내일의 붉음을 꿈꾸기도 하며 일부의 붉음은 그 동경 속에서 선취되기도 하는 것이리라. 웅크린 시간의 토마토는 붉은빛을 더해갈 것이며 그 향기와 풍미는 더 확산되어 갈 것이다. 토마토는 심장의 은유이다. 그것은 "아마, 토마토"(1시집, 문학의전당, 2013)에서 시인이 보여준 연초록의 잠재태로서의 은유일 것으로 추정된다. 이처럼 침묵은 당신과 나 사이, 시인과 독자 사이에도 전류처럼 흐른다. 침묵의 섬유조직, 그 사이로 비치는 은은한 빛과 향이 텍스트 내에서 배어 나온다. 물론 그 반대의 상황과 경우도 존재하겠지만 말이다. 침묵의 씨앗에서 발아된 밀어密語들, 순간을 장식하는 꽃, 언어의 우듬지에 피어난 발화發話와 발화發花 사이에 조연수 시인의 침묵의 방식은 존재한다. 과실들은 나무에 매달려 있지 않고 떨어져 나와 선반 위에 혹은 식탁 위에 놓여 있다. 때론 채 영글기도 전에 낙과한 푸르고 작은 열매들이다. 무르고 다쳐 피와 진물을 흘리거나 멍빛을 띄기도 하는 그들이지만, 그 피와 멍은 침묵의 시간을 견디고 견뎌 어느 순간에는 "푸른 꽃"으로 다시 피어나기도 한다. 어느 날엔 물고기가 되어 시인의 몸속에서 헤엄쳐 다니기도 하는 유동의 침묵이다. 시인에게 기생하는 물고기 어쩌면 반대로 시인이 물고기에 기생하더라도 상관없다. 아무렴 공생하는 두 개의 침묵이 만나 다시 생성해내는 커다랗고 "푸른" 한 꽃송이의 침묵은 시가 되어 발현發現한다.

　　내 몸에 물고기가 살고 있다
　　짧은 겨드랑이를 너풀거리며 헤엄치는 뒤통수가 야물게 둥글다 모세혈관을 타고 유영할 때면 힘줄이 툭 불거지기도 한다 손등을 지나 손목을 타고 오르는 간질거림 미세하게 심장을 두드린다 중심을 벗어난 고독처럼 낡은 비늘이 떨어질 때
　　꽃이 지고 겨울이 왔다

　　목욕탕 온탕 속에 물고기를 풀어놓는다
　　물에 멍이 든다 미열처럼 붉은 열기가 몸 밖으로 번진다 달아오르는 열기를 안고 바닥에 누우면 푸른 물고기들이 손가락 사이로 흘러나온다 손마디가 쑤시고 몸이 저려온다 물이

아프다 씨방도 없고 뿌리도 없는 물 속에

　푸른 꽃이 피었다

　　　— 「멍」(『아마, 토마토』, 문학의 전당, 2013) 전문

'멍'의 "푸른 꽃", 푸른빛 안에는 붉음이 내장되어 있다. 붉은 혈류가 울혈 되어 있는 곳에서 멍은 푸른빛이 상처를 감싸고 있는 모습으로 그 자신을 감추면서 드러낸다. 푸른빛과 붉은빛 사이에, 계절이 가고 온다. "꽃이 지고 겨울이" 오는 그 시간 속에 상처를 덧입은 화자는 어느덧 침묵의 열기 안에서 "씨방도 없고 뿌리도 없는 물 속"이지만 오롯한 존재의 "푸른 꽃"을 피워낸다. 언어의 꽃, 언어의 열매는 그렇게 상처와 멍의 시간을 지나 "낡은 비늘"마저 다 떨어뜨리고 남루하게 홀로 존재의 시간을 견딜 때, 어느 순간 거룩하게 맺히기도 하는 것이리라.

　3. 모과의 시선, 모과의 시간

　여기 한 알의 모과가 있다. 어제의 모과와 오늘의 모과, 어제의 모과 향과 오늘의 모과 향은 다르지만 연속선상에 있다. "어제의 기억이 오늘의 일상이 되는" 무료한 반복 사이에도 연애의 말은 늘 변화하며 침묵과 눈빛에 의해 다르게 전언되고 확산된다. 모과는 실제이며 오브제이다. 모과를 바라보는 외부의 시선은 시가 될 수 있으며 모과의 눈으로 대상을 바라

보는 시선 또한 시가 될 수 있다. 문제는 무엇을 어떻게 바라보고 어떠한 목소리로 어떻게 담아내느냐의 차이일 것이다. 조연수 시인은 이번 시집의 자서에서 "시간을 잘 건너" 생을 오롯이 잘 "견디는 것"과 "받아들이는 것"은 물론 "매일을 살아내는" 매 순간 순간들이야말로 결국엔 "모두가 사랑이"라고 고백한다. 삶이 곧 사랑이라는 등식은 그녀의 시 세계 전체를 응축하고 아우르는 하나의 큰 시선이며 그 시선이 지닌 온도라 할 수 있다. "라디에이터 위에서 온몸으로 시간을 견뎌내는 모과의 경건한 노동"조차 사랑과 위로의 시선에 의한 것이라는 따스함의 온도는 그녀의 세계를 인식하는 태도 역시 온화하고 포용적인 것임을 시사한다. 토마토와 모과처럼 소멸해 가면서도 세상을 향해 진한 향과 빛깔을 발산하는 또는 몸 전체를 내어주는 생의 제스처는 아름답고 넉넉한 사랑의 그것, '내게 없는 것까지 내어주는' 연애의 방식과 닮아 있다. "라디에이터 위 모과" 한 알의 소박한 풍경에서도 시인은 사랑의 형식을 발견한다. 특히 꽃 혹은 과일들에게서 돋보이는 존재의 아름다운 형식. 진동하는 냄새와 악취로 몸을 부풀리고 참혹하게 부패하여 흙으로 돌아가는 동물의 그것과는 사뭇 다른 존재 증명(소멸)의 방식이 여기에 있다. 침묵은 시간을 잉태하고 견디고 마침내 꽃을 낳는다. 그러나 죽음과 탄생은 모과에게서 한 몸에 있다. 자, 여기에 한 알의 모과가 있다.

라디에이터 위 모과처럼 납작 엎드려 본다 모과는 시들어가
며 한쪽으로 기우는 중이다 고개를 기울여 모과의 시선을 따
라간다 나무가 기울어지고 있다 가지 하나가 흔들리다 멈춘다
기울어짐의 역사는 그리 오래되지 않았다 팽팽한 한낮의 뜨거
움과 적당한 시간이 반복되는 동안 서서히 기울어지는 것이다
이번엔 창문이 기울어진다 사각의 나무틀에 빼딱하게 끼워진
유리가 헐겁다 나뭇잎이 날아간다 바람이 지나는 동안 어제의
새들은 어디로 갔을까 한쪽 날개를 기울여 멀리 날아갔다는
소문은 향기를 잃어가는 모과처럼 매력적이지 않다 결핍이 자
라나 무궁화꽃이 피었다는 소문이 더 이상 화려하지 않은 날
기울어진 모과를 집는다 군데군데 갈색 점들이 깊어진다 라디
에이터 위에서 온몸으로 시간을 견뎌내는 모과의 경건한 노동
을 읽는다 어제의 기억이 오늘의 일상이 되는 동안 아직 마르
지 않은 모과의 향기가 위로가 되는 밤이다

—「모과에게」 전문

한편, 시인의 시선은 기울어지거나 흔들리거나 날아가 흩
어지는 것들에 주목한다. 이는 모과의 시선이기도 하다. 나무
에서 떨어져 나온 모과는 이제 또 다른 절반의 인생을 살며 기
울어진 채로 기울어진 것들을 응시하며 몸체의 향을 통해 노
동한다. 그의 생은 시선과 향기로 소진되거나 지속된다. 누워
서, 혹은 세워진 채로 정물이 되어 창밖을 응시하는 모과의 그

것은 시인의 그것과 겹친다. 향기가 아닌 소문은 세상에 무성하다. 소문은 향기가 없고 형체가 없고 실체가 없다. 차라리 눈앞에 기울어진 나뭇가지 하나, 바람에 흔들리는 창문 하나가 시인에게는 더 가깝고 진실한 대상이 된다. 시인에게는 차라리 "향기를 잃어가는 모과", "기울어지고" 울퉁불퉁한 모과한 알이 놓여 있는 상황과 그 생명력이 외려 귀중하게 인식된다. "어제의 새들"과 함께 날아가 버린 자유로운 "소문" 자체보다 지금 여기 존재하는 모과 향의 위로가 더 중요한 것이다. 소멸해 가는 모과 한 알보다 "소문이 더 이상 화려하지않"고, "매력적이지 않다"는 것을 시인은 강조한다. "결핍이자라나 무궁화꽃이 피었다는 소문"은 다만 무성한 소문일 뿐이다. 결핍은 영원한 결핍으로 텅 비어 꽃을 피울 수 없고 충만은 영원히 그 향기로 충만하기 때문에 그로서 족한 것이다. 모과의 향은 생과 죽음을 동시에 안고 있는 이중의 향이다. 생과 사를 동시에 머금은 향, 다만 그 기울기와 좌표가 작품에 따라 조금씩 다르게 묘사될 따름이다. 이제 조연수 시인의 작품들 중 죽음 쪽으로 사뭇 기울어 있는 향의 내음을 쫓아가 함께 맡아보자.

상가 뒤편은 가로등도 없는 어둠이다 그 어둠 사이로 바짝말라 오그라든 나뭇잎이 뒤집히며 흰 꽃처럼 폈다 진다 너는바라나시 강가에서 꽃으로 장식한 관을 떠올린다 전생을 버리고 새로운 환생을 꿈꾸며 강을 따라 흘러가는 꽃들, 울지도 말고 뒤돌아보지 마시길 또 다른 생으로 떠나는 영혼을 붙들지 마시길 어제의 생을 버리는 축복의 시간들이 뿌옇게 흔들리는 강을 따라 출렁인다 깊은 눈동자를 따라 슬픔을 이겨내는 미소, 먼저 가시다니 축복이군요 꽃처럼 다시 피어나세요 누런 강을 따라 다른 생으로 건너가세요 곧 꽃이 피는 봄이 올 테지요 사원 처마에 앉은 원숭이들의 백만 년 동안 계속되는 인사가 들리시는지 사원 돌담을 도는 향 내음을 따라 천천히 건너가세요, 하루를 달려온 바람과 어둠이 나무를 돌며 거친 숨을 몰아쉴 때마다 사그락사그락 잎들이 수선스럽다 바라나시 강가에 피었던 꽃들을 떠올리며 어둠이 깊어지는 담벼락 밑에서 잠시 멈추어 보는 것이다

　　　　　—「바라나시 강가를 떠올리며」 전문

　위의 시에서 화자인 '나'와 청자인 '너'는 사실상 구분되어 있지 않다. 내가 나 자신에게 말을 건네는 형식으로 보아도 무방하다. 얼핏 죽은 자에게 건네는 산 자의 마지막 인사 또는 서간문의 형식으로도 보이지만, 이 시의 전언은 수신자와 발신자는 동일하다. 삶과 죽음이 그러하듯 동전의 양면과도 같이 뗄 수 없는 존재의 이중발화라 할 수 있다. "바라나시 강가에서" 죽음을 응시하는 자는 죽음에게 말을 거는 것이 아니라 그 죽음을 응시하는 자기 자신에게 전언한다. "전생을 버리고 새

로운 환생을 꿈꾸며 강을 따라 흘러가"되, "울지도 말고 뒤돌아보지 마시길" 기원하면서 그러나 죽음은 수신자가 될 수 없다. 이 시의 수신자는 살아 있는 지금 여기의 순간의 발신자이자 화자인 '나' 자신이다. 죽음의 순간을 "축복의 시간"이며 종착도 끝도 도착 아닌 오롯한 출발의 시간으로 묘사했지만, 진정한 "축복의 시간"은 시인이 살아 시를 쓰는 '지금 여기'의 시간이야말로 축복의 순간인 것이다. 무겁고 눅눅한 "어제의 생을 버리는" 동시에 가볍고 포근한 새 옷으로 갈아입는 탈의 脫衣와 환의換衣의 시간은 살아 있는 자의 것이기도 하다. 시적 화자는 죽은 자를 축복하고 동경해마지 않는다. 죽음에서 "슬픔을 이겨내는 미소"를 읽어내는 시적 화자의 시선은 죽음을 하나의 승리와 선취로 보고 있기도 하다. 또한 죽음을 인도하는 것은 "향"이다. 화자는 "향 내음을 따라 천천히 건너가세요"라고 말한다. 그러나 향은 산 자의 것인 동시에 죽은 자의 것이기도 하다. 이승과 저승의 경계에 지펴지는 불꽃이 향이다. 향은 한 죽음이 이 생의 강을 건너 다시 "꽃이 피는 봄"으로 새로운 환생을 통해 거듭나게 하는 표지와 경계 역할을 하는 것이다. 이 모든 의식은 영화의 한 장면처럼 재연되어 시적 화자에게 "상가 뒤편" "가로등도 없는 어둠" 속에서 상영된다. 시인은 어둠 속에서 환하고 찬란했던 "바라나시 강가"의 한 장례를 떠올린다. "어제의 기억이 오늘의 일상이 되"(「모과에게」)듯 그날의 장례는 오늘의 어둠 속에서 불현듯 떠오르는 하나의 의

식이 되어 가던 길을 멈추게도 하는 것이다. 시인은 종종 말 못할 어둠 속에서 혹은 슬픔의 "담벼락 밑에서" 발을 멈추는 사람이다. 그 사이 "바짝 말라 오그라든 나뭇잎" 하나에도 "백만 년 동안 계속되는 인사가" "사그락사그락" 들리고 어쩌면 천 년, 어쩌면 단 "하루를 달려온 바람과 어둠"의 말을 귀 기울여 전해 듣는 자, 전생의 유언을 이생에서 어렴풋 기억해내고 자신도 모르게 그 울음을 재생하여 읊어대는 자. 시인.

4. 에필로그 : 단 하나의 침묵, '노란 시간'에게

수군수군 썩은 침묵이 스며들었다
가슴 한쪽에 자리 잡은 그는 낡고 녹슨 소리를 끌어 올려
가끔 호된 기침을 뱉었다
후줄근한 어깨들이 집으로 돌아가자
아직 돌아가지 못한 자들은 폭풍이 지나는 어둠에서
흔들리는 눈동자로 고독을 읽거나
연대를 이루며 잠이 들곤 했다
몇 번의 잠이 돌아가고 우린 매일 헤어졌다
골목마다 모퉁이에 새겨진 이름들
그 이름들을 밟으며 오늘은 집으로 간다
그 길은 노랗게 꽃이 지고 있었고
침묵이 또 다른 소리가 될 수 있다는 것을 깨달았다

뒷덜미를 당기는 영혼은 지독히 외롭고 스산했다

한 번도 뒤돌아보지 못한 하루하루는 그렇게 마감되고

매일이 되어 지나가고 있었다

오늘은 가슴을 훑어 내리는 기억을 잊으며

이끼가 무성한 몸을 세워본다

주르륵 눈물 같은 녹슨 물이 흘러내린다

이제 노란 시간이 일어나고 있다

— 「광화문 노란 리본 앞에서」 전문

침묵은 침묵으로 말을 하고 죽음은 죽음으로 말을 한다. 여기 "녹슨 소리", 오래전 물에 잠겨버린 소리들이 있다. "수군수군 썩은 침묵"들이 아무리 들썩이고 봉쇄해도, 영원히 썩지 않는 침묵이 있다. "집으로 돌아가"는 소리는 그래도 행복한 소리들이다. "아직 돌아가지 못한 자들"의 소리는, 침묵은 여전히 수중에 잠겨 있으며, 이 "노란 시간"에도 "주르륵 눈물 같은 녹슨 물"로만 "흘러내"린다. 애도의 시간은 역류하는 시간이며 범람하는 시간이다. 영원히 직립되지 않는 직립의 시간. "노란 시간"은 봉인되어 있지만 그들은 침묵을 통해 연대하며 몸을 세워 말을 한다. 시인은 "침묵이 또 다른 소리가 될 수 있다는 것을 깨달았다"고 말하지만, 함부로 깨닫기엔 참혹한 진실들이 우리 앞에 누워 있으며 놓여 있다. 매일매일 직립하는 "노란 시간"들과 우리는 마주한다. 남겨진 우리에게 오늘은 "매일이 되어 지나"가고 "하루하루는 그렇게 마감되고" "외롭고 스산"하게 스쳐가는 모든 순간들이 일상이 되어 다음날이면 또 다시 누워 있고 또 한 번 잠겨 있다. 어떤 침묵은 일상을 깊숙하게 잠식하여 존재를 위협하며 들어오기도 한다. "썩은 침묵"이 아닌, 살아 있는 침묵은 누워 있는 슬픔을 깨워 직립하게 할, 단 하나의 구원이 될 수 있을까. 침묵에게 묻고 싶은 지점이다. 어쩌면 토마토에게서 혹은 모과에게서 배워야 할 침묵의 자세. 이번 시집을 통해 한 침묵을 딛고 더 깊은 한 침묵으로 나아가는 조연수 시인의 행보에 작은 박수의 '소리'를 더한다.

| 조연수 |

경남 함안에서 태어났다. 2012년 『포엠포엠』으로 등단했으며, 시집으로 『아마,
토마토』, 『가시가 자라는 방식』이 있다. 2013년, 2016년, 2018년 인천문화재단
창작지원금을 수혜했다.

이메일 : tina6809@hanmail.net

침묵을 대하는 방식 ⓒ 조연수 2018

초판 인쇄 · 2018년 11월 15일
초판 발행 · 2018년 11월 20일

지은이 · 조연수
펴낸이 · 이선희
펴낸곳 · 한국문연

서울 서대문구 증가로 31길 39, 202호
출판등록 1988년 3월 3일 제3-188호
대표전화 302-2717 | 팩스 · 6442-6053
디지털 현대시 www.koreapoem.co.kr
이메일 koreapoem@hanmail.net

ISBN 978-89-6104-225-3 03810

값 10,000원

* 잘못된 책은 바꾸어 드립니다.

* 본 도서는 인천광역시, 인천문화재단, 한국문화예술위원회 지원사업으로 선정되어
발간하였습니다.

이 도서의 국립중앙도서관 출판시도서목록(CIP)은 서지정보유통지원시스템 홈페이지(http://seoji.nl.go.kr)
와 국가자료공동목록시스템(http://www.nl.go.kr/kolisnet)에서 이용하실 수 있습니다.
(CIP제어번호: CIP2018037048)